Concours du Conservatoire national de Musique de Paris

SICILIENNE ET BURLESQUE

Pour FLÛTE et PIANO

Alfredo CASELLA

LudwigMasters
PUBLICATIONS

4

6

BURLESQUE
Presto vivace

SICILIENNE ET BURLESQUE

FOR FLUTE AND PIANO

by

ALFREDO CASELLA

(1883-1947)

FLUTE

SICILIENNE ET BURLESQUE

Pour FLÛTE et PIANO

Alfredo CASELLA

LudwigMasters
PUBLICATIONS

BURLESQUE

Presto vivace

fff stringendo sempre più

Prestissimo

Prestissimo

Paris, le
4 mai 1914.